LE MIE FAVOLE PER TE.

di LAURA ACHIA

LAURA ACHIA

Esperta di comunicazione, appassionata di psicologia, arte e meditazione, l'autrice abita a Milano e ha viaggiato per il mondo, con la fantasia ma non solo, vivendo all'estero per alcuni periodi. Un bagaglio di esperienze, conoscenze, incontri con differenti culture, profumi ed umanità che traspare in ogni sua opera.

Un libro dedicato ai bambini e con i bambini. Ma anche un libro con e per te, adulto che sai quanto è prezioso trascorrere tempo di qualità con tuo figlio. O semplicemente che vuoi riassaporare l'essere un po' fanciullo, per qualche istante.

Fiabe, racconti e favole, alcune delle quali scritte insieme a piccole persone con una grandissima fantasia e sensibilità. Pagine bianche per disegnare le proprie illustrazioni di ogni fiaba, scegliere i tratti, i colori preferiti ed anche alcuni racconti da completare e personalizzare. Un gioco, la scrittura, che può diventare una passione, un tramite, un momento speciale da condividere e da ricordare.

Per questo ogni libro è unico, come lo sei tu.

L'autrice si impegna a devolvere buona parte dei ricavati del libro in beneficenza per chi, in questa vita, è un po' meno fortunato.

Al mio cucciolo adorato: Leonardo Alessandro Maria.

LA MIA ILLUSTRAZIONE DI QUESTA FAVOLA

1 - IL TOPOLINO BIANCO DEL CASTELLO

C'era una volta un piccolo, simpatico topolino tutto bianco che abitava in un castello. Passava le sue giornate a gironzolare per le stanze di questa antica dimora, mangiando dell'ottimo formaggio, qualche pezzetto di pane e bevendo l'acqua del laghetto, dove abitava il suo amico Romeo, un grande cigno che lo aspettava ogni mezzogiorno per chiacchierare e fargli fare un giro a bordo delle sue ali.

I topolini di solito non vanno d'accordo con i cigni. E viceversa. Tutti lo dicevano ma sia Romeo che il topolino, che si chiamava Mik, rispondevano sempre che proprio dalle loro diversità nasceva la loro amicizia: dall'imparare nuove cose, altri punti vista; sia in termini di dimensioni, che di esperienze, che di modi di fare. Così Mik imparava a planare sull'acqua da una posizione altissima, a bordo di Romeo. E Romeo non si stancava mai di farsi raccontare da Mik tutti i piccolissimi posti dove Mik riusciva ad entrare senza farsi vedere e senza alcuna difficoltà in quanto era grande circa quanto un mandarino, col suo pelo tutto bianco e quegli occhietti vispi. Per ringraziare Romeo delle bellissime gite che gli faceva fare a bordo delle sue ali e della sua schiena, Mik appena riusciva gli portava delle noccioline, che a Romeo piacevano tantissimo. Le trovava in un posticino segreto, vicino alla credenza, dove solo lui riusciva ad entrare. E quando le prendeva era così contento di poter rendere felice il suo amico Romeo...! Più contento nel poter dare e fare del bene a qualcuno, che qualsiasi altra cosa! Il regalo più importante per lui era vedere la gioia negli occhi del suo grande amico. Addirittura diceva che era quasi più bello che ricevere ...un regalo di Natale per se stesso. E l'amicizia fra Mik e Romeo continuò per sempre, anche quando Mik sposò Sofia, la topolina che lo fece innamorare. In viaggio di nozze andarono proprio sul laghetto ed insieme a Romeo e Dafne, la dolce sposa di Romeo, facevano tantissime gite mangiando noccioline, cantando canzoni e parlando di tutte le cose belle del mondo, compreso il fatto che stava per arrivare un bellissimo regalo: un figlio, un piccolo tenero topolino che avrebbero chiamato Lino. Erano così felici che decisero di trasferirsi in una piccola grotta sul laghetto dove vissero per sempre felici e contenti.

2 - UN PULCINO MOLTO CURIOSO

C'era una volta un pulcino canterino che si chiamava Teo. Tutti lo conoscevano come 'il pulcino curioso' perché chiedeva sempre un sacco di informazioni a chiunque incontrasse. Se per esempio doveva andare a fare delle commissioni per la sua famiglia, lungo il tragitto si fermava a chiacchierare con tutti, conoscenti e sconosciuti: parlava del tempo, della salute, chiedeva informazioni su tutta la famiglia di chi aveva di fronte ed era anche famoso per promettere molti appuntamenti a chiunque per giocare, per fare gite, per mangiare insieme. Ma quasi tutti sapevano che non avrebbe mantenuto le promesse. Era fatto così. Si divertiva a cantare sempre le canzoni che inventava lui e che erano molto belle ed allegre, e si divertiva a fantasticare su 1000 cose da fare.

Nel chiacchierare con tutti non si rendeva sempre conto che a volte le persone non avevano piacere di ricevere tutte quelle domande ed informazioni e che a volte, come gli diceva sempre il nonno, era bene ascoltare e capire chi si aveva di fronte prima di esagerare con le confidenze, anche perché il buon Dio ci ha dato due orecchie per ascoltare ed una bocca per parlare. Quindi in teoria bisognerebbe ascoltare il doppio di quanto si parla. Il pulcino Teo cercava di fare suoi gli insegnamenti del saggio nonno, che era molto conosciuto in paese proprio per le sue perle di saggezza che donava parlando con proverbi e acute massime di vita. Fu così che Teo, crescendo, imparò a distinguere a chi dare confidenza ed a chi meno, iniziò a leggere moltissimo per imparare le cose del mondo senza mai perdere la sua allegria e voglia di sognare. Su un libro ad esempio lesse di questa storia meravigliosa che riguardava una gita in mongolfiera fatta da due coppie di amici che trascorsero il week-end sorvolando il mare fino a giungere su un'isola. L'isola delle farfalle. "Vorrei tanto andarci anche io quando sarò grande" disse ai suoi. E per farlo iniziò a studiare le lingue, perché per raggiungere quell'isola avrebbe dovuto attraversare diversi paesi e sarebbe stato importate riuscire a farsi capire e poter comunicare con tutti. Quando raccontò al suo amico Ludovico di questo progetto e gli chiese se volesse andarci anche lui, gli rispose "Sarebbe una bella idea, ma non credo lo farai mai. Come quella volta che avevi detto di organizzare una partita di pallone tutti insieme al parco e poi ti sei dimenticato. O quell'altra volta in cui avevi detto a tutti che avresti organizzato un pic nic sulla montagna. Ma poi sono passati gli anni e non hai più organizzato nulla... A me piacerebbe venire con te perché sei mio amico e ti voglio bene, ma non vorrei perdere tempo e restare deluso ancora una volta". Teo comprese i dubbi dell'amico. "È vero, hai ragione. Non lo faccio apposta. È che mi piacerebbe fare sempre tante cose. Ma ti prometto che cantando le mie canzoni riuscirò entro l'anno prossimo a raccogliere un po' di soldini che serviranno per il nostro viaggio". "Ok" rispose Ludovico. "Allora non solo verrò con te ma ti aiuterò anche ad organizzare tutto". Fu così che i due amici si impegnarono ad esibirsi con le belle canzoni di Teo durante tutte feste del paese: durante i matrimoni, i compleanni, i battesimi ed anche con il prete; durante la messa cantavano la canzone che avevano scritto insieme e che parlava degli angeli. Dopo un anno esatto avevano raccolto e risparmiato soldini a sufficienza per fare la loro bella gita che durò 10 giorni. Raggiunsero la meravigliosa isola delle farfalle dove conobbero le loro fidanzatine! Ed erano talmente felici ed in pace con loro stessi che addirittura riuscirono ad imparare a comunicare con le farfalle telepaticamente. Ma questa è un'altra storia...

IL MIO DISEGNO DI QUESTA FAVOLA

3 - LA DOLCE FARFALLINA SARA

C'era una volta una farfallina bellissima, di colore arancione e di nome Sara. A lei piaceva moltissimo volare tra i fiori profumati. Viveva nel prato magico di Rosalandia insieme a Sofia, la sua cara amica coccinella. Un bel giorno andarono insieme a vedere il mare per la prima volta nella loro vita. Rimasero incantate dalle onde rigogliose e decisero di fare nuove amicizie in riva al mare: c'erano infatti la formichina Ottavia, il grillo Carlo e la libellula Vittoria. Giocarono insieme tutto il giorno. Purtroppo arrivò uno scarafaggio brutto e cattivo di nome Goffredo che cercò di bucare la palla con la quale giocavano tutti insieme allegramente. Per fortuna la farfallina Sara aveva imparato dalla sua mamma che bisogna sempre cercare di essere gentili e disse "Invece di provare a bucarci la palla perché non giochi anche tu con noi?"

Lo scarafaggio rimase interdetto e disse "Penso proprio che potrebbe essere divertente ma non ne sono capace". La farfallina sorrise e continuò "Allora ti insegniamo noi!!! È facilissimo".

La coccinella si arrabbiò perché non era d'accordo: Goffredo le stava proprio antipatico! Sara e la libellula Vittoria le spiegarono "Vedi Sofia... Chi trova un amico trova un tesoro ed anche Goffredo siamo sicure che non è sempre solo cattivo ma anche lui può essere molto simpatico e divertente". Proseguirono quindi tutti insieme con gioia i loro giochi e per la felicità della mamma di Sara decisero di trasferirsi tutti al mare!

LA MIA ILLUSTRAZIONE DI QUESTA FAVOLA

4 - MARCO: IL BEL PESCIOLINO BLU

C'era una volta uno stupendo pesciolino blu di nome Marco, viveva in un oceano gigante insieme a tanti amici ed alla sua numerosa famiglia. A lui piaceva moltissimo andare in giro per l'oceano con i suoi amichetti: Gabriele, il granchio, e Alessandro, il polipo rosso.

Dovevano però stare molto attenti allo squalo cattivo Rove, che mangiava tutti gli abitanti più piccoli dell'oceano. Si nascondevano nelle grotte appena lo vedevano arrivare.

Un giorno, nel nascondersi, il polipo Alessandro prese in giro il granchio Gabriele dicendogli che era talmente piccolo da poter entrare in un buchino minuscolo. Il pesciolino Marco che era molto intelligente e sensibile, si rese conto che il granchio Gabriele ci era rimasto molto male tanto che gli erano venuti gli occhietti lucidi. Marco gli disse che non bisogna offendere nessuno nella vita: "Anche tu Alessandro, gli disse, non sei certo senza nessun difetto: hai il naso molto grande ma non stiamo a ricordartelo sempre perché ti offenderesti e nessuno è perfetto. C'è un passo della Bibbia che dice circa così: "Perché guardi la pagliuzza che è nell'occhio del tuo fratello e non ti accorgi della trave che è nel tuo occhio?" Al posto che stare a guardare cose piccole negli occhi del prossimo bisognerebbe accorgersi delle proprie cose. Magari stai a vedere i difetti degli altri senza accorgerti che i tuoi difetti sono ancora più grandi.

"Hai ragione Marco, scusa Gabriele, è vero che sei piccolo ma come si dice... Non necessariamente è un difetto, anzi, si dice che nella botte piccola c'è il vino più buono!"

Fecero quindi pace ed una bella risata e tornarono a casa felici e contenti.

IL MIO DISEGNO DI QUESTA FAVOLA

5 - IL SIMPATICO SERPENTE PAOLO

C'era una volta un simpaticissimo e bellissimo serpente di nome Paolo. Era un serpente molto speciale: aveva la pelle striata color nero e azzurro. Amava molto fare sport, in particolare gli piaceva tantissimo il calcio. Il suo migliore amico era una zebra di nome Alessandro. Tutti i giorni andavano in un giardino accanto ad un laghetto e si allenavano a giocare a pallone. Un bel giorno mentre giocavano allegramente sentirono una voce che chiamava aiuto. Corsero fino al ruscello per vedere di cosa si trattasse: c'era un gatto rincorso da un grande, cattivo cane: un bulldog che voleva morderlo. I due amici, Paolo e Alessandro, si misero ad urlare "Fermo! Tino!" questo era il nome del cane che conoscevano..."Cosa stai facendo?" Tino rispose "Non vedete? Sto inseguendo questo gatto" ... "E perché lo fai? Vuoi fargli del male?" "No... Voglio solo morderlo!" rispose. "Beh di certo bene non gli fai, se lo mordi...ma perché, cosa ti ha fatto di male? Non vedi che è un piccolo dolce gattino?" "Mmmmhhh in effetti il motivo non lo so... Però ... mmmhhhhh... So che i cani rincorrono sempre i gatti!!!" Il simpatico Paolo lo fece allora ragionare e gli disse "Ma tu lo sai che chi fa del bene riceve delle bene e chi fa del male riceve del male?... Perché mai dovresti far del male ad un povero gattino senza motivo? A volte si fanno cose stupide e poco gentili senza rifletterci e senza ragione. Senti... piuttosto vieni a giocare con noi a calcio: ci divertiremo tantissimo, stanne certo." Il cane rimase un po' perplesso, ci pensò qualche minuto e smise di rincorrere il gattino... In effetti non aveva nessuna ragione per morderlo o spaventarlo e ascoltò Paolo: giocare tutti insieme allegramente poteva essere decisamente meglio che fare del male ad un micio indifeso.
Trascorsero tutto il pomeriggio a giocare e si divertirono un mondo. All'imbrunire, quando si stavano per salutare, stanchi dopo una splendida giornata di sport ed ognuno si accingeva a tornare a casa, incontrarono il gattino visto quel pomeriggio. "Ciao" disse. Sorpresi si fermarono a sentire cosa volesse... il cane bulldog era un po' imbarazzato per il suo comportamento cattivo. "Volevo ringraziarvi per avermi salvato e volevo ringraziare anche il signor bulldog per aver smesso di inseguirmi: stavo morendo di paura! Ecco per voi della buonissima e fresca acqua di sorgente con la quale potete dissetarvi: sarete molto stanchi e accaldati". "Grazie!!!" Dissero tutti in coro commossi per il gesto gentile. Ed il signor bulldog aggiunse "Scusa gattino ... ti inseguivo senza saperne neanche il motivo. Di solito non sono cattivo, ma ora ho capito che non lo farò mai più e che chi fa del bene riceve del bene". Ognuno quella sera si diresse verso le proprie famiglie con il cuore colmo di gioia e serenità, ridendo e scherzando... E camminando verso il tramonto Paolo salutò il gattino e gli gridò "Ehi gattino, stai attento a non cacciarti più nei guai" e gli lanciò in regalo la sua palla di colore nero ed azzurro.

LA MIA ILLUSTRAZIONE DI QUESTA FAVOLA

6 - LA BELLA COCCINELLA MATILDE

C'era una volta una bellissima coccinella rossa di nome Matilde. A lei piaceva tanto volare tra i papaveri cantando delle stupende canzoncine in tutte le lingue del mondo e facendo mille acrobazie.

La sua migliore amica si chiamava Lilla, un fiorellino che abitava nella foresta. Loro andavano sempre d'accordo, in pace e tranquillità. La coccinella Matilde andava tutti i giorni a trovare la sua amichetta Lilla a mezzogiorno e cantavano insieme le loro canzoni preferite. Un bel giorno organizzarono uno stupendo pigiama party invitando tanti amici: il fiorellino rosa, la fogliolina verde, la formichina Alice, la farfallina Sara, il grillo Andrea e tantissimi amici della foresta. Però dovevano stare molto attenti perché lì vicino abitava il topolino pestifero. Questo topolino azzurro era molto conosciuto perché faceva sempre dei dispetti e cercava di rovinare le belle giornate agli altri animaletti. La coccinella Matilde decise di invitarlo alla festa per fargli capire che doveva smetterla di fare il cattivo e che sarebbero stati tutti più felici giocando insieme allegramente senza brutti scherzi. Quel pomeriggio quindi Matilde andò con il marito Mattia, la coccinella gialla, ad invitare il topolino. Il topolino non poteva credere alle sue grandi orecchie: era la prima volta che qualcuno pensava di invitarlo ad una festa: era talmente contento che gli scese una lacrimuccia di felicità. "Mai nessuno mi aveva chiesto di giocare insieme o di partecipare ad un pigiama party! Verrò con molto piacere e prometto di non fare mai più dispetti!"... Forse era proprio per questo che faceva sempre degli scherzi un po' cattivi: si sentiva solo. Da quel giorno il topolino, la coccinella Matilde, suo marito e tutti gli amichetti giocarono insieme felici, mangiarono deliziose torte e vissero per sempre felici e contenti!

IL MIO DISEGNO DI QUESTA FAVOLA

7 - LA BALENOTTERA FRANCY

C'era una volta una bellissima balenottera di nome Francy. Era di colore rosa e viveva nell'oceano insieme alla sua adorata e numerosa famiglia.

Le sue migliori amiche erano Michela, la stella marina, e Sonia, la pesciolina variopinta. A loro piaceva moltissimo ballare nella grotta incantata dove organizzavano molte feste. Le tre amiche si vedevano tutti i pomeriggi e mentre stavano organizzando la prossima festa a scopo benefico, decisero eccezionalmente di organizzare una festa serale al posto della solita festicciola pomeridiana.

Il fratello della balenottera Francy voleva partecipare a tutti i costi alla bella festa che stavano organizzando, ma lei non voleva perché era troppo piccolo: La festa infatti era vietata ai minori di 15 anni. Erano previsti circa 100 invitati e stavano scegliendo le musiche migliori.

Il povero fratellino era molto dispiaciuto di non poter partecipare alla festa e se ne stava triste in disparte con le lacrimucce agli occhi. Quando Francy se ne accorse si rattristò molto ed ebbe quindi una bella idea. Avrebbe coinvolto il fratellino nell'organizzazione in modo che potesse partecipare anche lui alla festa: avrebbe fatto da aiuto dj! Quando glielo disse, il fratellino ne fu felicissimo!!! "Davvero?" Chiese "Certo" disse Francy "non potrei mai divertirmi alla festa sapendo che il mio caro fratellino se ne sta a casa tutto solo e triste: sarai invece uno dei protagonisti ed io ballerò con le mie amiche tutte le canzoni che sceglierai". La festa fu un successo, raccolsero molte alghe da donare ai pesciolini affamati della barriera corallina in disgrazia e Francy ed il fratellino furono chiamati ad organizzare per tutta la vita le migliori feste di tutti gli oceani.

LA MIA ILLUSTRAZIONE DI QUESTA FAVOLA

8 - LO CHEF FURETTO MATTEO

C'era una volta un verde furetto molto bello che viveva nella magnifica foresta dell'Amazzonia. Si chiamava Matteo ed era famoso in tutte le foreste del mondo per i deliziosi dolci che sapeva cucinare: le torte giganti al mirtillo erano la sua specialità.

C'era un simpatico maialino rosa che era molto goloso ed ogni giorno mangiava una o anche due di queste favolose torte. Il saggio furetto Matteo lo mise in guardia dicendogli "Mi fa piacere che apprezzi così tanto la mia cucina ... però ti suggerisco di stare attento: troppi dolci ti potrebbero far venire un forte mal di pancia. Occorre mangiare anche buone verdurine, tanta frutta e tutte le vitamine di cui hai bisogno per crescere". Il maialino rifiutava tutte le alternative sane che Matteo gli proponeva ... Capì però ben presto che Matteo aveva proprio ragione. Il maialino finì infatti in ospedale per un fortissimo mal di pancia. Tutti gli amichetti andavano preoccupati a trovarlo e lui disse subito loro "Non fate il mio stesso errore!!! I dolci sono buoni ma non bisogna esagerare come in tutte le cose della vita: vanno gustati piano piano, con moderazione e bisogna cercare di variare mangiando un po' di tutto in modo sano e provare sempre nuove cose senza preconcetti".

"Va bene, maialino!" dissero in coro gli amici, "Appena uscirai dall'ospedale andremo tutti insieme alla trattoria del bosco e faremo un bel pranzetto, mangiando tante cose buone e sane, divertendoci un mondo"! "Non vedo l'ora" e si fecero insieme una bella risata!

IL MIO DISEGNO DI QUESTA FAVOLA

9 - LA BAMBOLA E LA TARTARUGA SAGGIA

C'era una volta una bambina che si chiamava Maria ed abitava in città. Possedeva una saggia tartaruga di nome Elia che le dispensava importanti insegnamenti, insieme al suo papà. Un giorno suo padre la portò con sé in missione in Sud Africa, dove andava spesso per lunghi periodi. Quando si stava per avvicinare il compleanno di Maria si trovavano ancora in Sud Africa ed il papà decise di far arrivare da Milano una bambola come regalo, perché lì non c'era nulla.

Nel villaggio vicino c'era una bimba inferma, senza una gamba, che aveva bisogno di una nuova stampella di legno per poter camminare. Finalmente la riuscirono ad ordinare in Italia: doveva arrivare da Milano.

All'aeroporto per errore scambiarono i pacchi ed accadde che alla bimba che aspettava la bambola in regalo arrivò invece per sbaglio la stampella. Maria si mise a piangere disperata. Ma suo padre le disse: "Vedi ...? Non devi piangere. Perché tu sei molto fortunata. Pensa invece a quella bambina che aspettava la stampella. Poverina, non può camminare e riceve la tua bambola. Per una volta nella vita sarà felice di ricevere un bel regalo ed una bellissima sorpresa! Le faremo poi arrivare anche questa stampella di cui ha molto bisogno. Ed invece insieme tu ed io sai cosa faremo?" ..."Che cosa?!" Chiese la bimba smettendo pian piano di singhiozzare ed asciugandosi i lacrimoni ... pensava anche a quello che le diceva sempre la sua saggia amica invisibile, la tartaruga parlante... Le diceva spesso infatti che dietro ad ogni male c'è un bene e forse anche questa volta... "Costruiremo la tua nuova bambola" proseguì il papà, "con questa stoffa, vedi? Sarà ancora più bella perché l'avremo fatta noi!".

Maria sorrise e pensandoci bene fu contentissima che l'altra bimba ricevette la bambola in dono. Era meno fortunata di lei e sarebbe stata felice. Inoltre creare la sua bambola speciale insieme al suo paparino adorato era un'idea ed un'opportunità meravigliosa: il regalo più bello del mondo. La sua saggia tartaruga aveva proprio ragione: ogni medaglia ha il suo rovescio.

LA MIA ILLUSTRAZIONE DI QUESTA FAVOLA

10 - LA CAPRETTA GIUSEPPINA

C'era una volta una capretta di nome Giuseppina.
Era conosciuta da tutti perché era tutta bianca ed aveva un grande fiocco rosso.
Abitava in montagna accanto ad una piccola baita costruita con sassi e grandi legni scuri.
Abitava insieme ad altre capre, caprette e pecorelle.
Le piaceva molto correre nei prati con loro.
La sua famiglia era composta da mamma, papà e le 3 sorelline più piccole.
Un giorno accadde una cosa meravigliosa: andarono tutti insieme, amici e famigliari, al grande torrente a dissetarsi e videro delle trote nuotare. Saltellavano in alto proprio come delfini.
Arrivò anche una pastorella, fecero amicizia e raccolsero insieme molte stelle alpine e giocarono per ore.
Giunse la sera e dovettero rientrare. Ogni pomeriggio si diedero appuntamento al torrente. Per giocare insieme anche al cagnolino Bau.
Trascorsero così tutta l'estate. Quando arrivò l'inverno purtroppo non poterono vedersi come al solito per il brutto tempo, il freddo e la neve. Tutte le caprette restarono nel loro ovile. Che era molto grande e caldo, pieno di cibo ed acqua per tutta la stagione. Alla capretta Giuseppina mancava molto però il poter correre per i prati ed il giocare con la pastorella e Bau. Si ripromisero di vedersi il prima possibile, all'arrivo della bella stagione perché si resero conto che nonostante avessero delle belle case con tutte le comodità... da soli ci si annoiava molto e sembrava tutto superfluo... fra tutti i beni, il più prezioso era nei sentimenti da condividere coi propri cari e con le amicizie: chi trova un amico trova infatti uno dei beni più belli al mondo, trova un vero tesoro.

IL MIO DISEGNO DI QUESTA FAVOLA

11 - LA CHIOCCIA MARIUCCIA

La chioccia Mariuccia passeggiava tutti i giorni nel bel giardino verde insieme ai suoi pulcini raccontando loro belle fiabe, saggi insegnamenti e cantando allegre canzoni.

Abitavano in un cortile insieme a molti simpatici animali. La specialità della chioccia Mariuccia era cucinare: le sue polpette e le lasagne erano i piatti più apprezzati di tutto il paese. Aveva infatti deciso di aprire la famosa trattoria Da Mariuccia, tutti gli animali del villaggio andavano sempre a mangiare da lei.

A fine giornata tutti sapevano che da Mariuccia c'era del cibo tenuto da parte anche per chi non poteva permettersi di pagare.

Era questo l'insegnamento che chioccia Mariuccia raccontava sempre ai suoi pulcini durante le loro passeggiate: l'importanza nella vita di essere generosi e non egoisti con il prossimo.

LA MIA ILLUSTRAZIONE DI QUESTA FAVOLA

12 - LA GATTINA ED IL CAGNOLONE.

C'era una volta una gattina bianca di nome Lalà che abitava in una torre in cima ad una bella collina. Guardando fuori da una piccola finestrella in uno stupendo giorno di sole vide correre nel verde prato lì accanto un cagnolone allegro che, scodinzolando, saltava qua e là rincorrendo felice alcune farfalline. Le sue orecchie ed il suo bel muso nero seguivano in modo buffo ogni suo balzo.

La gattina si domandò "Chissà chi sarà e cosa avrà da essere tanto felice e spensierato...". Più tardi, durante la sua passeggiata pomeridiana, Lalà si trovò vicino a quel prato ed accanto al roseto vide una ciotola piena d'acqua fresca. Aveva proprio sete e decise con la sua linguetta rosa di bere un po'. "Mmmhhhhh che buona" esclamò. In quello stesso istante sobbalzò spaventata e saltò con uno scatto sopra all'albero di pesche lì vicino perché sentì abbaiare fortissimo verso la sua direzione.

"Ehi! Mi hai spaventata!!!" Disse al cagnolone lì sotto "Chi sei?", "Sono Bubu, e questa è la mia ciotolona d'acqua", rispose. "Scusa, io sapevo che questa ciotola è della torre ed a disposizione di tutti gli animali che hanno sete, non fare il cattivo! Ti ho visto poco fa tutto allegro ed ora fai così?". "Quando mi hai visto?" domandò Bubu "Mentre correvo nel prato e facevo quel gioco?" "Sì!" Rispose la gattina offesa "So che i cani ed i gatti spesso non vanno d'accordo ma io ho molti amici: il boxer del fiume, ed anche il bulldog Pepe e spesso giochiamo insieme. Mi spieghi il tuo gioco per farti perdonare?". "Sì, sali a bordo" disse entusiasta. La gattina salì sulla schiena di Bubu ed insieme giocarono allegramente cercando le farfalle più belle e contandone i colori: ce n'erano alcune piccole bianche, alcune gialle ed altre variopinte. Da allora furono inseparabili: la gattina Lalà imparò dal simpatico cagnolone tanti giochi allegri e la leggerezza del cuore e Bubu imparò dalla gattina l'importanza di essere generosi con tutti e di non essere troppo impulsivi ed aggressivi, spaventando la gente. Inventarono insieme mille giochi e condivisero non solo la ciotola d'acqua ma tante bellissime esperienze: parlavano con le stelle alla sera, giocavano a nascondino con i pettirossi al mattino, andavano a trovare gli amici ricci e gli scoiattoli del bosco, organizzavano tante divertenti feste insieme a tutti gli animali della collina e cantavano delle belle, romantiche canzoni. Si facevano sempre molte coccole e si davano tanti bacini e vissero per sempre felici e contenti.

IL MIO DISEGNO DI QUESTA FAVOLA

13 - IL LEONCINO LAM

C'era una volta un simpaticissimo e bellissimo leoncino che viveva in una grotta vicino al mare.

Lì accanto c'era un bel prato con tante farfalle colorate dove il leoncino, che si chiamava Lam, adorava correre e giocare insieme ai suoi amici: un grande Rinoceronte, un gattino tutto nero, un elefante, un cane San Bernardo ed una scimmietta che si chiamava Wilson.

Lam stava beatamente dormendo nella sua grotta, sognando di volare... quando fu svegliato dal suono delle campane del villaggio che si trovava lì vicino.

Dopo un lunghissimo sbadiglio uscì dalla grotta e vide che l'elefantino azzurro, Giorgino, era lì fuori ad aspettarlo. "È da molto che sei qui?" Gli chiese. "Un po'...ma non volevo svegliarti ... Vieni, facciamo un bagno! Poi ho portato del pane per la merenda!".

I due amici si tuffarono insieme in acqua, si divertirono col loro gioco preferito che chiamavano "schizza schizza" e poi corsero allegri sulla spiaggia.

Bevvero un po' d'acqua per rinfrescarsi e fecero un breve riposino dopo tutte quelle corse.

Sentirono d'un tratto ancora "din don din don" le campane li svegliarono di nuovo. Era giunta infatti l'ora di fare la consueta bella gita pomeridiana con la loro barchetta sul mare. Arrivarono alla spiaggia lì vicino dove incontrarono i loro amici con i quali mangiarono della buona frutta e verdura insieme al loro pane per merenda: fecero uno stupendo pic-nic.

L'elefantino purtroppo si fece una po' male alla zampa rientrando ed il leoncino, da bravo amico, lo aiutava in tutto.

Arrivò la sera con la luna e le stelle ed il loro amico coccodrillo che si chiamava Red andò a trovarli.

"Tu hai male alla zampa" disse, "io al dentino. Non li ho lavati bene ed ora mi fanno bibi". "Io ho imparato a lavarli bene col mio spazzolino da denti tutte le sere" disse il Leoncino! "Ora lo faremo anche noi!" Risposero gli amici.

Giocarono poi divertendosi molto con la palla, l'elefantino la lanciava molto in alto con la proboscide, e contarono tutte le lucciole che danzavano lì intorno. Anche il loro amico Pasquale, il coniglio marrone, si unì a loro danzando e suonando il suo tamburello per tutta la sera.

14 - LA PRINCIPESSA AGATA

C'era una volta una principessa di nome Agata. Era molto bella ed in particolare aveva dei grandi occhi di un colore speciale fra l'azzurro ed il verde, molto luminosi. Chi parlava con lei restava incantato dal suo sguardo così trasparente e dalle sue lunghe ciglia.

Aveva un fratellino di nome Leonardo e si volevano molto bene. La cosa che preferivano fare insieme era suonare il pianoforte e cantare. Un bel giorno decisero di inventare insieme una nuova canzone e le parole e le note scorrevano naturalmente come per magia.

La canzone parlava di pace, di amore ed armonia fra tutti gli esseri viventi.

La dolcezza di queste note fu udita da tutti gli abitanti del regno che non poterono trattenersi dall'impararla subito e dal cantarla tutti insieme, abbracciandosi come se avesse uno speciale potere magico. La bella principessa viveva ogni giorno con gioia insieme al suo vivace fratellino ed era sempre molto generosa con tutti. Purtroppo volò in cielo molto presto ma tutti si ricordarono per sempre di lei ed ogni volta che c'era un diverbio, uno screzio o una discussione accadeva una piccola, grande magia: si udivano le note di quella dolce canzone e subito le liti svanivano. Si udivano cantare dagli uccellini o da un passante che fischiettava o da una mamma che la cantava al suo bimbo lì vicino, nel passeggino... 'Per caso'. "Il caso non esiste" diceva sempre Agata. E nel cielo una stella brillava più delle altre, se era sera, una farfalla o un uccellino si posavano lì accanto durante il giorno.

"L'amore vince tutto ed il bene è più forte del male" era il ritornello della canzone magica che divenne l'inno del regno di Agata e che pian piano si stava diffondendo per tutto il mondo grazie anche al prezioso aiuto del bravissimo fratellino, Leonardo, che non smise mai di parlare con la sua adorata Agata quasi ogni notte, in sogno.

IL MIO DISEGNO DI QUESTA FAVOLA

15 - L'ANGELO RICCIOLINO

C'era una volta un buffo angelo con tantissimi capelli ricci di colore biondo tendente un po' al rossiccio. Veniva chiamato da tutti 'ricciolino' ed era abbastanza famoso per il suo essere sempre molto intraprendente. Non gli piaceva oziare e non fare nulla, nonostante fosse alquanto paffuto. Ed infatti si lamentava spesso "Insomma!" diceva ai suoi amici e colleghi angeli "possibile che non mi diano nulla da fare? Eppure glielo hanno detto in molti che ci sono e sono qui per aiutare in tutto...!". Lui faceva bene il proprio lavoro. Cercava di proteggere al meglio le persone che gli venivano affidate ogni volta. Aveva evitato loro molti incidenti spostando intere vetture, non gli piaceva vedere la gente cadere neanche per sbucciarsi un ginocchio e si lanciava velocissimo per fare restare le persone in piedi. Suggeriva spesso la migliore strada da prendere in ogni situazione, anche se non sempre veniva ascoltato, e si prodigava molto. "Possibile che soltanto Lara mi faceva correre tutto il giorno? Si cacciava spesso nei guai ma sapeva che c'ero io e mi chiedeva ogni volta di aiutarla: con i compiti, la scuola, il lavoro, gli amici, la salute, ogni piccola grande sfida. Parcheggi compresi! Ed io mi divertivo molto. Mi sentivo sempre utile e non mi annoiavo mai. Che ridere quando nei momenti più caotici mi chiamava 'super angelo parcheggino' e tutti restavano stupiti perché entro 30 secondi dalla chiamata le facevo trovare parcheggio in città. O quando mi chiedeva il momento giusto in cui fare una telefonata per trovare libera una persona o ancora mi chiedeva un abbraccio perché sentiva freddo. Insomma. Non si dimenticava mai di me ed io ne ero contento. Oggi invece non ho ancora fatto nulla, se non 'ordinaria amministrazione' e mi sto un po' annoiando...". "Non dire così" esclamò Rebecca, l'angelo pigrone. È così bello riposarsi e stare tranquilli. E poi tutto il giorno facciamo molte cose senza che ce le chiedano perché sappiamo dove occorre proteggere. Non ti basta?" L'angelo ricciolino ci pensò un pochino e poi rispose "In effetti facciamo molte cose tutti i giorni ma mi piace correre e darmi da fare quindi a tutti quelli che mi possono sentire dico: chiedete sempre al vostro angelo di aiutarvi in tutto. È lì apposta! Sennò si annoia e pensa che non vi ricordiate di lui. Capito?!" E detto questo corse via: un bimbo stava cadendo e non doveva sbucciarsi neanche un pochino!

LA MIA ILLUSTRAZIONE DI QUESTA FAVOLA

16 - IL GIOCHINO

C'era una volta una saggia anziana lumaca che stava raccontando ai suoi nipotini come fosse bello il gioco della vita. "Sapete?" diceva "la vita di tutti noi è come un gioco. A volte un po' difficile ma sempre bellissimo. Ed in più la cosa bella è che ci sono state date le istruzioni!" "Ah sìììì...?" Chiesero in coro i nipotini. "Certo" proseguì la lumaca. Sono state date a tutti in tutte le lingue del mondo e senza nessun confine o limite di qualsiasi tipo. Istruzioni molto chiare. Per vivere tutti al meglio, le cose che dobbiamo ricordare sempre e che dobbiamo cercare di mettere in pratica sono estremamente semplici". "Quali sono nonnina? Ce le dici per favore?"... La lumaca sorrise dolcemente e disse "Vedi cara? Una cosa, quella più importante, l'hai appena fatta tu. Molto brava. E sai cos'è ...? Mi hai chiesto gentilmente e per favore una cosa. L'essere sempre gentili con gli altri, nello stesso modo in cui vorremmo che gli altri fossero gentili con noi. Questa è la prima regola d'oro. E ce ne sono altre, comuni a tutte le religioni e culture del mondo: lo stare attenti a quel che si semina perché poi lo si raccoglierà, il saper perdonare sempre, per poter essere perdonati noi a nostra volta, l'amare il prossimo come noi stessi, sconfiggendo il male col bene, l'accumulare quanti più tesori di generosità e compassione più che tesori terreni... Queste sono le regole che ci portano verso la perfezione di un mondo che sarebbe davvero migliore per tutti. Un mondo pieno di amore. Perché Dio è amore. È sopra tutto, attraverso tutto e nel nostro cuore". I nipotini restarono un po' in silenzio e poi dissero... "Hai ragione nonnina cara, infatti quando ieri ho litigato con lei sono stato molto male. Ti chiedo scusa e ti perdono per le cose brutte che mi hai detto. Tu mi perdoni?", la sorellina commossa rispose "Certo che ti perdono. Anche io ti chiedo scusa e cercherò di non trattarti più male perché ti voglio bene!" Il fratellino più piccolo si mise a ridere e raccontò "Ecco... Vedete? Anche se io sono il più piccolino ed il più debole... allora trattatemi sempre bene d'ora in poi, per favore! Non come ieri: tu mi hai dato una spinta, e tu mi hai detto che non capivo nulla... Tu invece mi hai rubato la mia foglia preferita... Non fate agli altri quello che non vorreste fosse fatto a voi! Grazie! Sono le istruzioni del gioco e le nostre regole d'oro. Siamo tutti collegati come in un girotondo, una bella catena d'amore ed anche io cercherò di fare sempre il bravo ed accumulare grandi tesori di generosità!" Scoppiarono tutti a ridere ed allegramente si ripromisero di seguire questi saggi insegnamenti universali che la nonnina aveva ricordato loro ed andarono a dormire più sereni e colmi di gioia dopo aver danzato insieme ed aver fatto un bel girotondo.

IL MIO DISEGNO DI QUESTA FAVOLA

17 - L' AMICO MAGICO

C'era una volta un bambino molto speciale di nome ....

Abitava in una piccola casa proprio vicino a ....

La sua famiglia era composta da ....

Un giorno se ne stava tutto solo a guardare il cielo ed ecco che all'improvviso comparse vicino a lui un ....

"Chi sei?" Gli domandò curioso. "Io sono ....

Sono venuto qui per ....

Se mi prometti che per tutto il giorno di domani aiuterai per quanto ti è possibile chi ti chiede aiuto e ti sforzerai di essere gentile con tutti, esaudirò un tuo desiderio.

"Davvero?" "Sì. Certamente!" Il bambino non ci pensò troppo ed accettò. Essere gentile era una cosa che spesso cercava di fare anche se non sempre ci riusciva. E comunque aveva un desiderio molto grande e non si sarebbe fatto sfuggire questa opportunità.

"Ok allora. Considerami il tuo amico magico e domanda pure tutto quello che vuoi".

"Che bello, mi sembra di sognare. Il mio desiderio è ....

"Tutto qui? Credevo qualcosa di più difficile... Avrai quello che desideri. Ma ricordati. Per tutta la giornata di domani dovrai essere premuroso e gentile con tutti, altrimenti ciò che hai chiesto svanirà e non ti ricorderai neanche di questo nostro incontro".

Il giorno dopo ....

Al pomeriggio ....

Il bambino vide che ....

E per quanto riguarda il suo desiderio si rese conto ....

Da quel giorno ....

18 - IL LOMBRICO MAX

C'era una volta un lombrico rosa di nome Max. Era molto conosciuto perché
....

Una sera mentre si apprestava a cenare accadde qualcosa di molto insolito
....

Decise allora di ....

Lui abitava ....

I suoi migliori amici erano ....

A lui poi piaceva tanto ....

Secondo lui lo scopo della sua vita era ....

Durate una lunga e piovosa notte sognò ....

Andò poi a rileggere il suo diario dei ricordi e trovò questo disegno azzurro fatto da un suo vecchio amico. Si ricordò di quanti bei giochi facevano insieme e decise di chiamarlo il giorno dopo, organizzando una festa con tanti amici all'insegna del divertimento.

La festa fu ....

Perché ....

Da allora decisero tutti insieme ....

IL MIO DISEGNO DI QUESTA FAVOLA

19 - LA MAGIA DEL NATALE

C'era una volta un'allegra famiglia che viveva nel bosco incantato e si stava preparando all'arrivo del Natale.

Fuori nevicava molto, tanto che ....

Alla sera si radunavano quasi sempre intorno al caldo fuoco del loro camino leggendo insieme il libro delle fiabe e cantando le canzoni del Natale.

L'atmosfera era bellissima, nonostante ....

Il piccolino di famiglia aveva scritto la sua letterina per Babbo Natale. Quest'anno desiderava una macchina piccolina gialla ed un trenino. "Speriamo che Gesù Bambino si ricordi di tutte le volte in cui sono stato buono e si dimentichi un pochino di quando sono stato forse un po' cattivello ... E dica a Babbo Natale di portarmi questi due regali...!"

Un giorno mentre la mamma preparava una buona torta per la merenda accadde che
....

Lì vicino abitava ....

E proprio quella mattina ....

Mancavano ormai pochissimi giorni al Natale ed accadde una cosa meravigliosa
....

Alla sera di fronte al camino tutti insieme cantarono le più belle canzoni del Natale in un'atmosfera   quasi   magica   e   molto   emozionante,   tanto   che
....

La mattina dopo infatti ....

Il giorno di Natale poi tutti insieme si svegliarono molto presto e sotto all'albero accanto al presepe c'erano grandi pacchi colorati con fiocchi d'oro. Seduti alla tavola apparecchiata per la colazione ognuno aprì felice il proprio regalo.

Il piccolino fu il primo ....

La musica li accompagnò per tutta la giornata e festeggiarono con gioia insieme a tutta la famiglia ed agli amici.

LA MIA ILLUSTRAZIONE DI QUESTA FAVOLA

ALCUNE MIE ALTRE FIABE E RACCONTI SPECIALI

Un grazie particolare a tutte le persone, dalle più piccole alle più grandi, che sono state d'ispirazione per alcune favole.

Titolo | Le mie favole per te

Autore | Laura Achia

ISBN | 978-88-91169-46-4

© Tutti i diritti riservati all'Autore

Nessuna parte di questo libro può essere riprodotta senza il

preventivo assenso dell'Autore.

Youcanprint Self-Publishing

Via Roma, 73 – 73039 Tricase (LE) – Italy

www.youcanprint.it

info@youcanprint.it

Facebook: facebook.com/youcanprint.it

Twitter: twitter.com/youcanprintit

Finito di stampare nel mese di Dicembre 2015

www.ingramcontent.com/pod-product-compliance
Lightning Source LLC
LaVergne TN
LVHW060602200726
843509LV00003B/186